KB233263

유리창

유리창

장인수 시집

문학세계사

내 몸에 스며들어 정액이 되고, 피가 되고, 웃음이 되고, 갈증이 되는……

내 몸에 투신해서 끈적임이 되고, 개흙이 되고, 붕어의 지느러미가 되고, 생리가 되고, 수위가 되고, 임계상황이 되고, 월경하여 탈영토가 되고, 인디가 되는……

시원始原의 물을 끌어올린다.

모터에 마중물을 붓고, 연결 부위에 개흙을 발라도 지지리도 말 안 듣는 고집불통의 애인처럼 지하수는 쉽사리 쏟아지지 않는다.

거친 분수꽃으로 터져라.

수압이여,

시여,

너의 물꼬는 어디인가.

장 인 수

1
유리창

돼지머리 13
나들목 14
포도를 임신한 여자 15
껍질 16
빈자貧者 17
안방 가는 길 18
궁녀 19
유모차 한 마리 20
아내의 가슴에는 유쾌한 방이 있다 21
저수지에는 슬픈 언어가 산다 22
유리창 23
건널목에서 24
굴 25
비듬 26

2

엉덩이의 배후

엽낭게 29

엉덩이의 배후 30

되새김질 32

오리가 연꽃을 피운다 34

저수지는 고요의 힘이다 36

축구장의 비둘기 38

물결이 나를 관통하는 순간 40

일파만파 42

모래가 아이와 놀다 43

자전거 44

나무는 우주 지도를 그린다 45

골키퍼 46

3

허 공

늦은 귀가 —— 49

사진 한 컷 —— 50

의자가 날아갈 준비를 한다 —— 51

붕어찜을 먹으며 —— 52

발바닥 —— 54

파리 떼 —— 56

1톤의 사랑 —— 58

늦은 귀가 2 —— 60

빗소리를 들으면 더욱 허기가 진다 —— 61

다리 —— 62

이상한 마라톤 코스 —— 63

지붕 수리공 —— 64

허공 —— 65

토끼처럼 소처럼 닭처럼 —— 66

걷기의 고통 —— 70

4
두개골 수집광

민들레 홀씨 _______ 75

쇼핑 간다 _______ 76

뽀삐를 분양합니다 _______ 78

고양이라는 프로그램 _______ 80

찜질방에서 _______ 82

쥐의 여행 _______ 84

공범 _______ 87

유기농 일병 구하기 _______ 88

메아리 _______ 90

낮달 _______ 91

소금쟁이 _______ 92

페로몬 _______ 93

두개골 수집광 _______ 94

그늘 _______ 96

그늘 2 _______ 97

□ 해설 / 권혁웅
사랑의 기술 _______ 99

1

유리창

돼지머리

동네 어른이 돌아가셨다
가마솥이 마당에서 끓고
돼지를 잡아 삶았는데
이놈 삶은 돼지는 키득키득 웃고 있다
아버지는 돼지의 웃음을 다치지 않게 썰고 있다
소주 한 잔 벌컥 들이켜며 웃음 한 조각을 먹는다
캬! 죽을 때는 요런 표정으로 죽을 수 있을까
접시마다 귀도 웃고 코도 웃고 눈도 웃고 있다
동네분들과 문상객들이
껄껄껄 돼지 웃음을 먹고 있다

나들목

나들목을 보면 가슴이 두근거린다
샛길로 빠지고 싶은 유혹은 너무 크다
대전행을 잊고 그만 일죽 나들목으로 휭! 빨려들어가
홀린 듯 칠장사로 가고 있었다
칠장사 거의 다 가서 길 오른편
단지 빨간 함석 지붕으로 오르는 능소화 넝쿨 때문에
남의 집을 훔쳐보았다
주인도 없이 외양간에서
암소가 새끼를 낳고 있었다
목에 걸린 종소리 땡그랑 울리며
암소의 엉덩이에서는 더운 김이 모락모락 났다
콧등에는 왕방울 땀송이가 소복소복
잠시 후 쿵!
송아지가 지상에 첫도장을 찍었다

포도를 임신한 여자

가게에서 아내가 포도를 산다
포도를 집어드는 순간 포도알이
엄마— 하고 부른다
너무 놀라 두리번거리는데 다시 포도알이
엄마— 하고 부른다
포도알은 아내의 손가락에 매달리고
어느새 넝쿨손을 뻗어
아내의 몸을 덮는다
아내의 봉긋한 가슴은 시큼한 포도가 된다
자궁 속에는 아직 덜 익은
청포도가 자라고 있다

껍 질

껍질을 홀랑 벗겨낸
고양이 고기를 보았다
바람과 울음과 근육의 속도를 발라낸
은폐된 얼굴엔
충혈된 눈깔만 달랑 붙어 있었다
울음은 어디로 여행을 떠났는가
블랙홀을 닮은 눈빛, 털, 수염, 발톱은
어느 우주선을 탔는가
지붕과 담장을 뛰어넘던 탄력은
어느 영토로 갔는가
몰고 다니던 바람은
어떤 짐승의 면접을 보러 갔는가

빈자貧者

　고 3 교실, 졸업을 하루 앞두고 교실 대청소를 한다. 그동안 고생이 많았어요. 버릴 것은 버리세요. 책상 서랍 속에서, 사물함 속에서 학생들의 뼈와 살이 쏟아져 나온다. 문제집과 교과서를 버린다. 재수할 학생도 몽땅 버린다. 슬리퍼를 버리고 운동복을 버린다. 귀마개를 버리고, 유인물을 버리고, 학용품을 버린다. 멀쩡한 것들도 가차 없이 버린다. 챙길 것은 챙기라고 애원을 해도 학생들은 통쾌하게 버린다. 학생들은 빈자貧者가 된다. 무소유가 된다. 공수래공수거가 된다. 드디어 담임도 버린다. 학생들이 가벼워진다.

안방 가는 길

현관 앞에 섰는데 젖꼭지 같은 초인종을
누를까 말까
현관을 들어섰는데 무사히 동행한 신발을
벗을까 말까
거실에 쌓인 어둠을 건너야 하는데 밀항하듯
갈까 말까
적막의 길, 근원의 길, 신방新房의 길
탄생한 아이들이 깔깔 웃음을 풀어낼 길
걸어서 갈까, 기어서 갈까, 굴러서 갈까
안방에 가면 내 영혼의 껍질과 가죽을 옷걸이에
걸까 말까
외출한 아내가 벗어놓은 머리카락들이 기어다니는
꿈틀거림의 나라에 들어가서
나도 알몸으로 기어다니는 꿈을 꿀까 말까
내가 죽어 저승 갈 때
안방으로 가던 이승의 발걸음이 나의 동행자가
될까 말까

궁 녀

얼음의 두께가 더욱 견고해지는 시간
저수지 중앙
얼음과 물의 경계선인 빙점에
수천 마리의 오리들이 모여 있다
하루에도 몇 번씩 물 속으로 뛰어들어
저수지의 손발을 닦는다
손금을 닦는다
밑바닥을 닦는다
얼음장의 깊은 뒷면
견고함과 물렁함을 닦는다
반들반들 툇마루를 닦는 할머니처럼
오리들의 거친 손
한겨울 매서운 바람의 틈
저수지의 유리창을 닦는다
얼음과 물의 경계선
부름받기 좋은 곳에 모여 있다

유모차 한 마리

자전거 한 마리를 끌고 길을 나선다
버스 몇 마리가 다가오고 정거장에서 꼬리를 친다

유모차 한 마리가 내 앞에 선다
내 자전거는 급브레이크를 밟고 유모차를 본다

빙어의 까만 눈동자와 마주친 순간
빙어회를 못 먹고 울었다는* 그녀가 떠오른다

어린 아기가 나를 보며 깔깔거린다
자전거도 유모차도 깔깔거리며 웃는다

*박완호 시인의 경험담을 듣고 재구성한 것이다.

아내의 가슴에는 유쾌한 방이 있다

여자로 태어나 때가 되면 가슴이 봉그러지고 유방이라는 방이 생긴다. 결혼하면 그 방에는 온갖 동식물이 살아가기 시작한다. 첫애를 낳고 탱탱 불어오른 아내의 유방을 밤새 뜨거운 수건으로 찜질하면서, 땀 주루룩 흘리는 내 손목이 아리도록 노란 초유를 짜고 또 짜면서 아내의 가슴에서 둥둥 울려나오는 우렁찬 북소리를 들었다. 노란 초유를 찾고 있는 아기의 울음소리였다. 천둥! 아내의 가슴방에 천둥이 살고 있었다. 이후로 아기가 뛰어노는 아내의 방은 화덕이 되어 후타닥거리고, 후라이팬이 되어 딩동거리고, 절구통이 되어 쿵덕거리고, 냄비가 되어 달그락거리고, 과자가 되어 바삭거리고, 이승엽이 친 야구공이 되어 허공의 경계선으로 질주하고, 샘물이 되어 콸콸거리고, 악어가 되어 늪을 파충류의 궁전으로 만들고, 들고양이가 되어 광야로 내달리고, 비버(beaver)가 되어 나무들을 물어다가 수중에 둥근 집을 짓고, 미역이 되어 끈끈하고 말랑말랑한 점액을 흘리고, 도롱뇽이 되어 바위 밑을 들락이며 물살의 힘줄을 파닥였다. 아기의 성장에 좋다며 아내는 양파 음식을 즐겨 먹었고, 아내의 가슴방에서는 맵고 달큰하고 쌉쌀한 양파가 싱싱하게 자라기 시작했다.

저수지에는 슬픈 언어가 산다

아버지 환갑 잔치에 마이크 잡고 노래 불러준 친구

햅쌀 한 가마 짊어지고

노인정에 가서는 노인들과 반말하며 까불던 친구

그래도 노인들이 더 좋아하던 친구

그 날 보름달이 눈을 치떴다

그러자 술에 취한 친구는 바지를 내리고

저수지에서 놀고 있는 보름달의 얼굴에 오줌을 갈겼다

오줌 멀리 쏘기 내기를 하다가 미끄덩,

그리고는 아직도 저수지에서 붕어들과 살고 있다

물결에 걸려 흔들거리는 녀석의 욕지거리들

달나라 문중門中이 된 녀석의 문패

싸물싸물한 물잠자리의 저공 비행

저수지에는 팔 휘저으며 씨팔대던

건달 친구의 언어가 살고 있다

울음밥을 퍼먹는 개구리들

하얀 지느러미를 달고 유영하는 언어들魚들

밤새 주둥이를 뻐끔거리는 달빛들

유리창

학교는 유리창이 참 많은 건물
종종 뒷산의 산새들이
학교 유리창에 부딪쳐 죽는다
유리창에 숨어 사는 뒷산 때문이라고도 하고
발효한 산열매를 쪼아먹고 음주비행을 했기 때문이라고
도 하지만
새가 되고 싶은 유리창의 음모라는 풍문이 설득력이 있
다
유리창에는 새의 충격이 스며 있다
유리창은 종종 깊은 울음을 운다
비가 올 때는 열 길 스무 길 눈물의 계곡이 생긴다
유리창에 부딪쳐 죽은 새는 다시 살아나
유리창을 마음대로 통과하며 살아간다고 한다
산맥과 달님도 마음대로 뚫으며 날아다닌다고 한다

건널목에서

가로수와 가로등과 신호등은
관계 지능이 유난히 발달되어 있다
길의 DNA인 그들은
자신의 의지로 자신의 그림자를 수십 배 늘인다
더듬이가 된 그림자는 강을 건너
자전거의 혈액형 냄새를 포획한다
노인이 끌고 가는 자전거 진동으로 술렁인다
자전거의 꽁무니에 낚싯대가 묶여 있다
빵 한 조각으로 점심을 먹고 지금껏 굶었군
월척이라는 강물의 꿈 때문인가
빵 한 조각이 전부인 용돈 때문인가

귤

이불 속에서
내 발가락이
잠결에
아내의 발가락을 살짝 만난다
문득, 발가락 끝에서 귤 같은 느낌이 밀려온다
손을 더듬어
아내의 가슴을 만진다
귤의 꼭지를 만진다
아내는 나의 손길을 눈치채고 있으면서도
가만히, 있다
아내의 과일을 만진다
말랑말랑
슬픔의 감촉
생명의 감촉
푸릇한 별빛과 햇살을
과즙으로 담아낸
아내의 과일
내 손에 귤물이 스며든다

비 듬

신문을 읽다가
신문에 압핀처럼 소복히 박혀 있는
비듬을 본다
세월을 뜯어낸
아버지의 구름 조각
떨어진 꽃잎
머리카락의 잔해
보풀이 일어난 시간표
손톱 호미로 캐낸 어둠의 두피
망초처럼 말라가는
뱀 허물
말라버린 성욕의 살딱지
푸석푸석 삭아가고 있는 부직포
아버지의 볼품없는 빵 부스러기
신문지를 돌돌 말아
아궁이에 쑤셔 넣는다
불의 혀가 핥는다
지글지글 잘 탄다

2

엉덩이의 배후

엽낭게

갯벌의 수천 억 밑구멍을 들락이며
강에서 떠밀려온 푸른 수초와
하늘에서 떠밀려온 붉은 구름과
섬에서 떠밀려온 유성과 썰물과 짠 모래가 범벅된
광활한 시간의 잔해를 열심히 썰어 먹는다
뻘의 뒷물과 섞어 먹는다
놀랍도록 빠르게 집게를 놀려대느라
집게에 불꽃이 일어날 지경이라서
집게를 뻘의 뒷물에 식히며 먹는다
집게가 식으면서 지지직 거품이 일어난다

엉덩이의 배후

소의 엉덩이가
소똥을 너덜너덜 붙이고 다닌다
씰룩씰룩 초원을 활보하는
뻔뻔한 엉덩이

소는 자기가 배설한 똥 위에 앉아
곤한 잠을 자기도 하고
되새김질을 하기도 한다
으깨진 소똥은
소의 방석
혹시 똥마법?

소는 제 똥더미 위에
오줌 폭포를 내갈긴다
그리고는 제 발로 질겅질겅 밟는다
소의 탁족濯足!
지저분한 자기애自己愛

범벅!
저렇게 지저분한 소에게
천사와 같은 눈망울이 있다
밤하늘 별을 보며 눈물을 흘리고
바람 소리를 핥는다

소의 엉덩이에
참새가 다녀가곤 한다
소는 제 엉덩이를
자신의 꼬리채로 힘껏 후려친다

되새김질

강물을 본다
무언가를 조용히 꼭꼭 씹고 있다
질겅질겅, 저 질기고 부드러운

((((((((波(파))))))))

뱉은 상처 잘근잘근 씹어서, 질긴 세월의 즙, 삼키는,
짐승의 눈부신 하얀 치아

((((((((波(파)紋(문))))))))

지구는 무한궤도를 돌고 있고
질겅질겅, 질기고 부드럽게, 꼭꼭 씹으며
무한궤도를 돌고 있는
짐승의 눈부신 달빛 치아

지그시, 뱉은 것, 제 몸의 내부로 다시 들어올 때 고개 들
어

물병좌座의 물 한 모금 마시는
짐승의 눈부신 별빛 치아

저 우주라는, 행성이라는, 성운이라는, 태양이라는
짐승의 잘근잘근 씹는, 삼키는

((((((((波(파))))))))

오리가 연꽃을 피운다

강물을 활보하며
수면을 열고 닫을 때마다
오리는 뾰족한 엉덩이를 하늘로 쳐들고 물구나무를 선다
똥구멍은 활짝 벌어지기 직전의 연꽃 봉오리 같다
강바닥의 비타민과 엽록체라는 악기를 연주하는
오리의 물갈퀴
찰랑찰랑

똥구멍에서 상승하는 기운氣運
팔딱이는 음표들
수면을 열고 닫을 때마다
작은 동그라미가 넓게 퍼지며 강가에 닿는다
저 원광圓光의 물살을 따라
똥구멍은 활짝 벌어지기 직전의 연꽃 봉오리 같다

오리궁뎅이였던
10년 전의 여자가 떠오른다
시장 골목을 활보하던 그녀의 실룩 엉덩이

골라 골라
브래지어와 속옷을 흔들며 골라 골라
자맥질할 때마다
허공으로 상승하던 그녀의 엉덩이
팔딱이던
엉덩이의 깊은 배후

저수지는 고요의 힘이다

물소리 들리지 않고
저수지는 미동도 없이 고요하나
저수지는 한시라도
제 몸을 부수고 깨뜨리는 일을 잊은 적이 없다
금방이라도 낱개의 물방울로 폭파될 준비를 하고 있다
아주 오래된 어떤 절규와 함성을 준비하고 있다

습격!
개구리 떼가
저수지를 울음 벌판으로 만들려고 한다
울음 곳간을 강탈하려고 한다

물방울이 하나 둘
감은 눈을 번쩍 뜨는 순간
웅숭깊은 심연은 표표表表히
표면으로 눈부시게 뒤집어질 것이다

잠복중인 오리 떼

명상에 빠져 있는 붕어알들
탈주의 몸부림 앞에서
마음 졸이고 있다

급보!
저수지는 한없이 고요하나
물소리가 균열을 받아들이는 순간
물소리와 물소리가 맹렬히 충돌하고
물소리가 넘쳐
오리 떼는 하늘로 팅기고

팅긴 오리 떼
저렇게 높이 필사적으로
편대를 이룰 사이 없이
울음의 월광月光을 토한다

축구장의 비둘기

저를 뺑 차 주세요
함성이 육신을 벗어난다
무아지경의 허공이 입을 벌린다

축구장의 광기는 맛있다
탄력으로 날아가는 엉덩이를
핥아먹을까
누구의 심장을 파먹을까

미친 듯 솟구친 축구공이 윙크하며
궁륭과 포옹한다
뜻밖의 공간으로
튄 목젖의 진동

꽹과리와 북을 치며
풀밭에서 굴러 온 태양에서
곡사포처럼 튕겨나가는 에너지님!
저를 뺑 차 주세요

천공의 벼랑 앞에서
아찔 급브레이크를 밟으며 회전해 주세요
슛!
숨이 멎게 해 주세요
허공의 궤적님!
저와 함께 이탈하신 거죠?
저를 뻥 차 주세요

통쾌한 발길질을 당하며
떼구르르 굴러가고 싶어요
경기장 지붕에 영구 입주하신
비둘기님!
저를 뻥 차 주세요
우주의 그물이 출렁 찢어지도록!

물결이 나를 관통하는 순간

온갖 배경을 포식한
장마의 격렬한 삽이 지나간
물결과 물결 사이에
저수지의 골반에
수심보다 수백 배 깊이 출렁이는
무언가가 있다
저토록 팽팽한 주름의 흐벅진 꿈틀거림 사이에
투사와 굴절 사이에
하늘도 구름도 곤두박질치던
달빛도 내 얼굴도 쨍그랑 깨져 파열하던
백 년 전의 시간도
1억 년 전의 시간도
아득히 흘러온 측정할 수 없는 수심 사이에
상류와 하류 사이에
아득함과 어지러움 사이에
무언가가 있다
무언가가 산란을 하고 있다
나를 쳐다보고

물살을 만지는 내 손가락을 녹이며
내 눈동자를 퐁당 꿰뚫고 들어오는
광채를 뿜어내는 무엇이 있다
발광하는 무엇이 있다

일파만파

　좌변기에서 용변을 보고 물을 트니 작동이 되지 않는다. 그럭그럭 트림만 할 뿐이다. 바가지로 물을 퍼다가 뒤처리를 했다. 혹시나 싶어 물탱크를 열어보니 아뿔싸, 쥐가 빠져 죽어 있는 것이 아니라 내 속옷이 보트피플처럼 들어가 있는 것이다. 누가 그랬을까. 알지 못하겠다. 그날 모든 사물은 나의 시선과 닿는 즉시 일파만파—波萬波가 되었다.

모래가 아이와 놀다

햇살을 받은 모래밭이 따스하다
아이들이 따스함 위에 등뼈를 누인다
아이들이 따스함을 온몸에 발라가며 논다
모래가 아이들의 볼에, 머리카락에 늘어붙고 있다

아이가 파충류처럼 깔깔거리며 뒹굴 때
늑골 안쪽으로 기어드는 비린내의 너울
장지도마뱀처럼 파닥이는 모래 언덕

10^{52}의 시간이라는 개수와
모래먼지의 개수가 비슷하다고 하던데
굴러굴러 강물의 세계를 전관全觀했던
광야의 시간이 아이들을 뒤적이며 놀고 있다

10^{52}의 시간이라는 극사실의 미세 먼지가
아이들에게 몰입하고 있다
미세하다는 것은 모든 것을 포용할 수 있다는 듯이
아이들도 거대한 전세계를 모래 먼지 속에
풀어놓으며 놀고 있다

자전거

물 속에 처박힌 세발 자전거를
수초가 핥고 있다
잠자리 유충의 놀이터가 되고
물고기의 식당이 되고 있다
핸들과 바퀴의 제어를 벗어나서
강물이 마련해 준 개흙 신방新房에서
새살림을 꾸린다
개흙에 반쯤 파묻힌 세발 자전거
붕어 새끼들의 유치원이 된다

나무는 우주 지도를 그린다

층층이
녹색의 결이 나이테를 밀어올린 만큼
능선의 높이가 높아질 때

떠도는 바람을 좌표로 설정할 때
조용한 시간이 나뭇잎과 뒤섞일 때
나뭇잎이 등산객의 눈빛을 나침반으로 설정할 때

MTB 산악 자전거의 기어
길고 긴 바퀴자국이 푸른 이빨일 때

골키퍼

상암 월드컵 경기장 관중석에서 나는 90분 동안 오백 번
은 골키퍼를 쳐다본다. 푸른 잔디의 뾰족한 잎새 위에서 천
천히 정갈한 보폭을 탈주하던 축구공이 편집증 환자가 되
어, 톺아라, 톺아라, 질주하며 골문을 향해 수만 개의 새로
운 항로를 만드는 모습을 쫓다가, 공이 상대편 문전에서 현
란하게 놀 때, 아주 잠깐 골포스트에 어깨를 기댄 채 눈을
감고 햇살과 구름의 융단을 잠시 즐기는 골키퍼의 모습을
보고 싶어서다. 허공의 모든 입자, 허공의 모든 포자를 세
밀하게 빨아들이는 것이 골키퍼의 임무라도 되는 듯이.

3
허 공

늦은 귀가

한강을 돌아다니다가
탄천으로 행로를 바꿔
새벽 3시가 넘어서야 집에 도착했다
—그냥 10시간을 걸은 것 같애
—그걸 나보고 믿으라고?
아내여, 내 말을 믿지 않아도 좋다

쥐가 된 기분이었어. 수만 마리의 쥐와 130명의 마을 아이들이 피리 부는 사나이를 따라서 영영 사라진 붕겔로젠(Bungelosen) 거리에 들어섰어. 길바닥에 페인트로 그린 하얀 쥐들이 한 줄로 나를 인도했어. 그래서 늦은 거야.

그래서 내일도 모레도 걸을 거야
밤길을 사랑하는 쥐를 따라서

사진 한 컷

수천 장의 가족 사진 중에
강물을 뒤로 한 사진이 가장 마음을 끈다
가족의 허리께가 강물에 흠뻑 걸치도록
상반신이 물결에 떠 있는 구도
가족도 흘러간다는 구도
아내의 아랫도리도
나의 아랫도리도
물결 따라 흘러간다는 구도
젖어서 거칠게 흘러간다는 구도
명도가 번져 입가에 꽃 핀 듯 안개 낀 듯
셔터를 누를 때
플래시를 터뜨릴 때
아이들의 웃음도
강물의 젖은 공기방울처럼
와장창 쨍그랑 깨지고 부서지며
파열이 렌즈 안팎을 휘돌며 넘나들 때
가족이라는 뗏목이
거친 물살을 타고 흘러가는 중
정박을 모르고 흘러가는 중

의자가 날아갈 준비를 한다

뼛속에 공기를 들여 골다공증을 앓을 때
엄마의 뼈는 드디어 의자의 형태를 드러냈다
엄마의 자궁은 태아를 들일 때부터 의자였는지 모른다
젖을 빨면서도 아이는 엄마의 팔이 의자였는지 모른다

붕어빵 장수가 붕어빵을 구워내듯
초저녁 하늘이 하나 둘 별을 구워내고 있다

엄마의 의자는 이제 날아가려 한다
뼈에 공기를 들여 엄마는 가벼워지려 하는 것이다
활처럼 굽은 엄마의 등은 새가 되려는 것 같다
엄마의 의자가 훨훨 새가 되어 날아간다면
누가 의자에 앉아 뜨개질을 할 것인가

붕어찜을 먹으며

이 세상에서 가장 차가운 시선을 가진 자는 겨울 붕어가 아닐까 한다.

숨구멍 하나 없이 꽝꽝 얼어버린 저수지 밑바닥에서 보내는 영어囹圄의 죄수.

얼음 밖을 응시하는 붕어들.

그러다가 해빙이 되어 산란을 할 때는 물의 진동과 온도를 감지하는 옆줄을 찢으며, 피멍 들고, 수십 개 비늘 떨어져 나가는 몸부림을 친다.

여름 강물은 시시때때로 수위를 변주하고 혼탁함으로 범람하는데, 붕어는 뻐끔뻐끔 재래시장의 아줌마들처럼 엉덩이 휘저으며 밀려드는 흙탕물을 회유回遊한다.

여울을 만나 높이뛰기를 하자, 뒤집히자, 공중돌기를 하자, 탄력을 빨아들이자, 나는 차가운 시선을 지닌 존재.

차가운 시선으로 아직 수면으로 떠오르지 못하고 깊게

묻혀 있는 밑바닥의 굉음과 표정을 찾아 밤낮으로 돌아다
니자.
　다시 겨울이 되면 얼음 속 차가운 시선.

　사람아, 붕어찜을 먹는 사람아,
　나의 가장 차갑고 냉소적인 눈알을 파먹고, 가장 열정적
인 아가미까지 파먹어라, 나의 환부를 하나하나 파먹고, 지
느러미까지 남기지 않고 발라 먹어라, 끝내 나는 가시로 남
을 것이다.

발바닥

과로가 누적된 탓으로
뒷골이 땡기면서 목과 어깨 근육에 심한 통증,

용하다는 한의원을 찾아가니
한의원은 엄지, 검지, 약지 발가락에 침을 찔러 피를 빼
더군.
발바닥의 신장에 해당하는 용천혈에도 침을 찔렀어.
아파서 죽은 귀신도 벌떡 일어난다는 용천혈.

아픈 곳은 뇌와 목 주변부인데
왜 발바닥이?

거짓말처럼 병이 나았어.
발바닥에 구멍을 내자.
발바닥을 쏟아내자.

인간을 대신하여 속죄의 피를 흘렸다는 새끼양을
속죄양이라고 하지.

통각의 발바닥,
땅을 딛는다는 이유로
1㎞ 보행시에 14t이라는 하중의 율법을 견디어야 하고
정신이 인도하는 방향과 무섭게 충돌하며 살아가는,

발바닥이여,
앞으로도 땅의 어둠을 딛고 살지어다,
중력으로, 온몸으로, 찢어짐으로
뒤로 앞으로 이동할지어다.

가끔 사랑하는 사람의 발바닥을
당신의 혀로 핥으며
닦아주며.

파리 떼

무더운 여름날
폭염이 밀어내듯 뱉어내듯
시골에 도착했을 때
나를 반기는 것은 빈 집의 파리 떼
내 몸에서 쏟아지는 땀방울은 그들의 집중 표적

파리 한 쌍이 여름 내내 새끼를 치면
무려 2억 경 마리를 낳는다고 하는데

한시도 쉬지 않고
팔을 부비며, 입술을 닦고, 섹스하고, 또 섹스하는
철두철미한 부지런함과
저공비행의 전투력

부패의 단맛을 포식하며
마당의 광장이건
부엌의 밀실이건
번식이라는

자신들만의 진지하고도 왕성한 놀이에 전념하는

바글바글한 종족에게서
언뜻 이상야릇한 생명의 활력을 느낄 때
손수레를 끌고
늙으신 모습으로 절뚝이며
대문으로 들어오시는
어머니를 또한 파리 떼가 반긴다

1톤의 사랑

1톤 트럭이
길가에서 살림을 한다
지구가 토해내는 지구 크기의 먼지와 햇살과 소음 사이
행인이 털어내는 수억 톤의 발걸음 사이
떡볶이와 오뎅이 살림을 한다
깨깨한 아저씨 부부가
가슴에 누런 보름달을 품은
삶은 계란 3개를 1000원에 판다
내장과 순대에 햇살이 다녀가고 노을이 스쳐가고
달빛이 먼 길을 왕래하며 인사한다
새벽 2시
노상의 영업이 끝나고
1톤 트럭은 생生의 모퉁이를 돌아 귀가한다
운전대 옆에 걸린 성모 마리아의 그림과 십자가에게
씽긋 윙크를 하며
한 손으로 운전하고
한 손으로 옆자리 졸고 있는 아내의 허벅지를 만진다
1톤의 용달을 함께 하는 사랑이

부질없이 뜨거워지는 살점이
아내의 허벅지를 만진다
차창을 뚫고 들어온 별빛이
뻐근한 아내의 어깨를 주무르고 물파스를 바른다

늦은 귀가 2

서울 종로 바닥을 때린 빗방울의 걸음걸이 속에서 나는 허우적거렸고, 새벽 2시 인사동 근처에서 택시를 잡아 탄 것은 내가 선택한 것이고, 택시가 행선지까지 갈 때 빙글빙글 공허한 공간을 돌아다닌 것은 내가 선택하지 않은 것이다. 한강의 미질美質, 한강의 타고난 속성인 축축한 빛의 물결이 택시를 우회하게 한 것이다. 나는 택시의 창문을 열어놓고 연료를 공급받듯 강바람을 폐 가득 들이마셨던 것이다. 그때 나는 청담대교를 건너는 일이 목적지보다도 더 중요한 일이었는지 모른다. 가로등이 줄자의 눈금처럼 서 있는 청담대교를 건너자 나는 택시 기사에게 청담대교를 역주행할 것을 부탁했다. 택시 기사는 나를 수서역 부근에 강제로 하차시켰고, 나는 거기서부터 무턱대고 탄천을 따라 성남 쪽으로 걸어갔던 것이다. 탄천은 무언가의 장소이며, 무언가의 시간이다. 흘러간다는 존재 방식이다. 안개와 적막이라는 새벽의 포자가 떠돌고 있는.

빗소리를 먹으면 더욱 허기가 진다

밥물 끓어 넘칠 때 솥단지의 쇠냄새처럼 비릿한 비냄새, 돌부리도 땅속에서 귓밥을 살짝 드러내, 안행雁行을 하던 우산이 정류장에서 빗소리를 받아 먹고 있어, 먹으면 먹을수록 더욱 허기지는 빗소리는 이상한 음식이야, 빗소리가 갯바위의 따개비처럼 나뭇가지에 다닥다닥 붙어서 질퍽질퍽 세상을 삽질하고 있어, 퍼낸 빗물이 떨어져 신발을 적시네. 비나이다 비여, 나의 신발을 초대하소서, 비처럼 바람처럼 가도 가도 끝 없는 길을 가자고, 가다가 헤어지자고 나의 신발을 유혹하네, 나의 신발이 나와 동행하다가 훌쩍 나를 버리고 저 혼자 돌아다니게 하네, 맨발이 되어 나를 질척이게 하네.

다 리

　한강의 수많은 다리를 나는 절반도 건너지 못했다. 남한강과 북한강이 거느린 지류에도 수많은 다리가 존재한다. 용문산 계곡에 가면 등산로를 따라 수많은 철제 다리가 나온다. 건너기 위해서, 쳐다보기 위해서, 뛰어내리기 위해서, 산으로 가기 위해서, 바다로 가기 위해서, 끊어지기 위해서, 고함을 지르기 위해서, 뚫기 위해서, 흔들리기 위해서 존재하는 다리. 동물이 이동하기 위해서 존재하는 다리도 있다. 인간은 다리를 놓는 일에 꽤나 열심이다. 먼 훗날 얼마나 많은 다리들이 이 세상의 숨은 도처에 놓여 풍경을 열람할까. 섬과 섬 사이, 계곡과 계곡 사이, 마음과 마음 사이, 터널도 넓은 의미에서 다리다. 뚫고 쑥 들어가기 위해 존재한다. 다리를 건넜을 때 되돌아보면 강 건너의 꼬리가 슬프거나, 아프거나, 아름답다. 안개와 빗줄기가 급하게 뒤따라오는 날은 더욱.

이상한 마라톤 코스

내가 아는 뒷골목의 공간을 빼꼼 들여다보면 목젖이 너절하게 부은 적자 인생들이 우글거리며 모여 있다. 밑천이 바닥난 인생이 연탄불 지지는 허름한 술집에서 맥주병을 내리쳐 깨뜨리고, 멱살을 잡고, 욕을 퍼붓고 있다. 나도 끼여 있다. 그들 중에는 미로 같은 비좁은 뒷골목을 달리는 마라토너들이 있다. 결코 해프닝이 아니다. 뒷골목에서 뒷골목으로 죽을 때까지 달린다.

지붕 수리공

그는 지붕 수리공이지만 기둥이나 천장 공사도 잘 한다. 그는 스스로를 지붕 치료사라고 말한다. 그런 그가 지붕에 올라가기만 하면 온갖 욕설을 퍼붓기 시작한다. 전기톱질을 하면서, 망치질을 하면서, 도끼를 휘두르면서 쌍욕으로 지붕과 하늘 사이를 도배를 한다. 원한 맺힌 것이 많다고들 하나, 몇 시간째 듣고 있으면 새가 지저귀는 소리로 들린다. 지나가던 새들이 그의 주위로 모여든다. 그러면 그는 쌍욕에 서서히 휘파람을 섞는다. 주머니에서 땅콩을 꺼내어 새들과 나눠 먹는다. 지붕에 누워 한 포기 구름이 된다.

허 공

숲속에서 푸드덕거리는 소리가 난다
새는 보이지 않는다
새는 없는데 푸드덕거리는 소리가 난다
새의 목소리가 먼저 도착한 것인가
새의 목소리만 혼자서 남았는가

토끼처럼 소처럼 닭처럼

1. 지렁이, 비 오는 날이면 상황을 오판한 무리들이 땅속에서 기어나와 하늘의 좌표를 쳐다보다가 기어코 죽음의 지경에 이른다. 미친 놈 같다.

2. 하늘을 보니 아파트가 앞으로 움직이고, 구름은 뒤로 움직인다. 지구의 영혼은 자전하면서 아파트를 따라가기도 하고, 구름을 따라가기도 한다. 미친 놈 같다.

3. 암벽으로 이루어진 높은 산에는 어디나 까마귀들이 떼지어 산다. 도봉산 포대능선도 마찬가지다. 까마귀들이 깎깎 깎깎깎 깎아라 깎아지르라 내가 너를 깎겠다고 만장봉 자운봉을 혼내주며 살아간다. 미친 놈 같다.

4. 베란다에 널린 속옷을 걷어 거실에 풀어놓는다. 베란다 빨랫줄에 걸려 있는 옷걸이들이 달그락거린다. 열어놓은 창문으로 바람이 세차다. 목마른 옷걸이가 아우성을 친다. 빨래를 달라고, 젖은 옷을 달라고 난리를 친다. 미친 놈 같다.

5. 도봉산 등산로에는 침류정枕流亭이 있던 자리라는 아주 조그만 이정표가 보인다. 옛날 선비들에게는 바위도, 구름도, 흘러가는 계곡도 베개가 되었다. 옛날 사람들의 모가 지는 이상했다. 미친 놈 같다.

6. 한진택배 36머 9709 트럭이 하루 종일 굴린 바퀴의 회전수와 지구가 태어나서 지금껏 굴린 자전의 횟수와 충북 진천 평야의 참새들이 대대손손 땅을 쫀 횟수와 계란 한 판과 라면 한 상자를 사들고 귀가하는 청년의 몸속에서 사멸하거나 생성되고 있는 정자의 개수와 더불어 2006년 6월 23일이 흘러간다. 노을이 노을의 속도로, 전깃줄의 전류가 전류의 속도로 흘러가는 모습을 청년이 고개 들어 바라본다. 바라보며 침을 흘린다. 미친 놈 같다.

7. 초등학교 3학년 신발 속에 도봉산 포대능선과 구름이 들어와 살기 시작했다. 신발은 닳기 위해서, 앓기 위해서, 잃어버리기 위해서 존재한다. 주인을 잃어버리고, 길을 잃어버리기 위해서 존재한다. 미친 놈 같다.

8. 깨워도 깨워도 일어나지 않는 학생이 있다. 책상과 얼굴이 쩍 늘어붙어 있는 학생이 있다. 잠신神과 함께 동거하는 학생이 있다. 잠신의 신봉자가 있다. 미친 놈 같다.

9. 달님이라는 암탉이 저수지에, 강물에, 웅덩이에, 유리컵에, 우리 모두의 눈동자에 쑤욱 알을 낳는다. 매일 매일 알을 낳는다. 미친 놈 같다.

10. 프랑스 소설가 모파상은 미쳐 날뛰다가 죽었다.
봄바람이 부는 이유는 봄꽃을 모두 미쳐 날뛰게 하기 위해서다.
토끼몰이를 해 본 적 있나?
예측불허의, 필사적인, 수염 달린 총알이 되어 홱홱 방향을 바꿔치기하면서, 두 눈 시뻘개져서 딸기밭을 쑥대밭으로 만들면서 날뛰는 하얀 구름과 회색 구름.
투우장이나 소싸움판의 바닥을 본 적 있나?
돌진하는, 필사적인, 예측불허의 뿔이 되어, 도끼로 내리친 듯 소 발자국이 찍혀 있는 바닥은 인간이 흉내낼 수 없는 아름다운 뜀박질의 족적.

생닭의 대가리를 작두로 동강 잘라본 적 있나?

대가리 없는 목구멍으로 피를 뿌려대며 마당과 텃밭을 쏘다니며 활개치는 최후의 닭쇼!

그래서 글을 쓴다.

인간의 두 발이나 가운뎃다리로는 꿈도 꿀 수 없는 족적이니 종이 위에 펜으로 남긴다.

미쳐 날뛴다.

걷기의 고통

1. 복정역에서 내려 걷기를 시작한다. 포클레인이 퍼 주는 폐 콘크리트 덩어리를 쩝쩝 받아 으깨며 재생 골재로 탄생시키는 친환경 재활용 공장지대의 noise. 방음림을 뚫고 흘러나오는 파쇄와 마광과 박리 기계의 괴성을 닉 케이브의 음악처럼 듣는다. 괴성이 내 적성에 맞는다.

2. 성남시 오폐수 처리장을 지난다. 백만 명이 넘는 성남 시민들의 괄약근 하역을 통과한 분뇨꽃 향기. 나의 몸에서 이주한 향기를 흠향한다. 신난다.

3. 바람과 공모한 서울공항 군용기들이 가속엔진을 작동할 때 분출하는 엄청난 불길과 굉음 앞에서도 우거진 풀밭의 백로와 꿩들은 유유자적이다. 정겹다.

4. 그들은 소화기관이 모두 사라진 것인가. 세월을 몽땅 망각한 것인가. 절취선을 찢어낸 커피봉지처럼 머리통이 없는 무뇌아가 된 것인가. 서울에서 한강을 따라 분당까지 오가며 자전거를 타는 사람들이 백로와 꿩의 속도로 달린다.

5. 풀밭에서 보행도로와 자전거 도로로 검은 애벌레들이 무수히 기어나온다. 자전거만큼 대죄를 짓는 족속은 없을 것이다. 그들을 무참히 깔아뭉갠다. 내 운동화의 밑바닥에서도 애벌레의 육신이 뭉개지고 터지는 소리가 들려온다. 운동화가 생짜의, 날것의 음악을 연주한다. 신난다.

6. 모란 시장 근처를 지난다. 개, 닭, 토끼, 꿩 사육 냄새가 밀려온다. 역겹다. 냄새만 역겹다. 요리를 하면 역겨운 냄새는 기막힌 맛을 풍기는 보양식이 된다. 그것이 도살의 매력이다.

7. 개를 도살하면서 아저씨는 한 손에 칼을 들고 장윤정 노래를 따라부른다. 장윤정 노래 옆에서 아이들이 깔깔거리며 축구를 하고, 애완견과 뒹굴며 논다. 흥겹다.

8. 박힌 바위가 강물의 흐름을 받는다. 아마 느리게 움직이고 있을 것이다. 들썩이며 세월은 갈 것이다. 신난다.

4
두개골 수집광

민들레 홀씨

너는 빌딩 화단의 보보스*
황홀한 보보스
너는 인디
훨훨
흥분한 너를 입고 외출하는 나의 욕망은?
나는?

* 보보스(bobos): 부르주아와 보헤미안의 합성어. 엘리트 지식인
들이 퇴근 후에는 거리와 술집을 떠돌며 잡초가 된다는 뜻.

쇼핑 간다

비누 한 개에
천 원이면 생필품, 만 원이면 사치품
만 원의 비누를 40% 세일하면 다시 저렴한 생필품.
착각은 기쁨.

손에 든 물건이 나에게 말을 해.
너도 물건이지?
너도 물건이지?
즐겁지?

내일은 결혼기념일,
사랑은 사치품인가 필수품인가,
접점은 어디?

남편이 좋아하는
돼지갈비를 샀어.
장바구니는 꽉 채워야 든든한 법.
그것은 쇼핑의 헌법.

싱싱한 채소를 몇 가지 더 사들고
집으로 돌아와
냉장고를 열어보니
오이와 파가 절반은 썩고 있군.
모두 꺼내서 쓰레기 봉투에 담아 내다 버리고
새로 사온 식품들을 넣는다.

아마 다음 주에도 이런 일은 반복이 될 거야.
냉장고와 돼지의 공통점은 맹렬한 폭식!
배불러도 끊임없이 채워야 한다는 것.
나는 냉장고의 충실한 심부름꾼.

뽀삐를 분양합니다

요즘 학생들 사이에서는 접두사 ‘개’ 를 붙이는 게 유행
이다
개좋다, 개짜증난다, 개재밌다, 개빠르다……
개가 유행하는 세상이다

컴퓨터가 개를 키운다
내가 분양받은 개
개멋지다

모니터만 켜면 나를 반기는 개
이름은 뽀삐

뽀삐는 나와 함께
산책도 하고, 코도 킁킁거리고, 똥도 싼다
뽀삐는 내가 방문하는 사이트마다 함께 따라다닌다

뽀삐는 내가 워드작업을 하고 있는 동안에도
스스로 돌아다니며 경품을 잡아오기도 하고

손님을 끌고 오기도 한다
개짱이다

나는 뽀삐와 함께
비발디의 사계를 함께 들으며 함께 잔다
뽀삐의 개집에 들어가
함께 낑낑거리는 것이 나의 즐거움이다
개즐겁다

뽀삐는 임신 중이어서 달포가 지나면 출산할 예정이다
인공지능 뽀삐의 새끼를 잘 키워 미국으로 분양할 것이
다
대신 미키쥐를 분양받을 것이다
컴퓨터 속에서 멋지게 키울 것이다
개설렌다

고양이라는 프로그램

나의 아바타인 고양이
이곳 저곳 하루 수천 곳의 홈피를 돌아다니며
댓글을 다는 고양이

댓글은 나의 영역 표시야
마구 달릴 수 있는 드넓은 초원

나는 경쾌하고 발랄하다가도
나의 아가리는 쩌억 하품을 하지
나른함은 나의 생존 비결

나의 아바타인 고양이
시골 고양이인지, 썩은 고양이인지도 몰라
수염이 있는지 없는지
한쪽 눈을 잃었는지도 몰라
나는 다중인격자

나는 습격하기를 좋아하지

악성 리플 고양이가 되고 싶어
너의 영혼을 찢고 싶어

달려, 지붕을 지나
혹성을 지나 골목으로
나의 분신인 고양이
계단을 오르내릴 때
나는 무지개처럼 황홀하지
인간이 쥐로 보이지?

찜질방에서

시속 200㎞가 넘는 환상의 레이스.
속력으로 넘실대는 7살의 얼굴.
게임의 아가리로 빨려들어간 아이는
내가 게임에서 실수하면 곧바로
"진짜 우리 아빠 맞아?"
아빠의 존재를 의심한다.
그럼 나는 누구의 아빠?
찜질방에서
아이와 함께 게임을 즐기고 있는
나는 누구의 아빠?
보이지 않는 손이 아이를 조종하는 것 같다.
나는 종종 정신을 빼놓고 미친 듯 살아간다.
남들의 시선에 어울리는 사람이 되기 위해
나는 꾸며지고 변신하고 가면을 쓴다.
나의 진짜 모습을 나도 잊어버리며 산다.
남북이산가족 상봉 장면을 보고 가슴이 찡한
나는 가짜 쪽에 훨씬 가까울지도 모른다.
질주의 괴물

추월의 괴물
질주 코스는 하수구처럼 끝이 없고
지구는 바퀴의 마찰로 얼룩지고
아들아,
이제 그만
소금방에 가서 땀이나 쭉 빼자.
너는 진짜 내 아들 맞지?

쥐의 여행

쥐가 교회로 갔다.

하느님 앞에 부자들이 떼거지로 몰려 와 흥정을 하고 있는 것이었다.

"주여, 저희가 가진 재산의 반을 드릴 테니 낙타를 아주 작게 만들어 주시든지, 아니면 바늘구멍을 아주 크게 만들어 주십시오."

쥐는 교회에서 나와 국회의사당으로 들어갔다.

여당 국회의원이 목발을 한 돼지와 함께 걸어가는 것을 보고 야당 국회의원이 물었다.

"돼지가 웬 목발입니까?"

"실은 우리집에 불이 났는데, 이 돼지가 날 깨워서 목숨을 살렸죠."

"아니, 그것과 목발이 무슨 관계가 있죠?"

"생명의 은인을 어떻게 한꺼번에 잡아먹을 수 있겠소?"

국회의사당의 뜰에 여당 국회의원이 오리를 안고 벤치에 앉아 멍하니 하늘을 응시하고 있었다. 이때 야당 국회의원이 다가와 시비를 걸었다.

"야! 너는 왜 쥐하고 같이 앉아 있니?"

그 말을 들은 여당 국회의원은 어이없다는 듯 말했다.

"이게 쥐냐? 오리지!"

그러자 야당 국회의원이 별 미친 놈 다 보겠다는 듯이,

"내가 너한테 말했냐? 오리한테 말했지."

갑자기 천둥 번개가 치고 비가 왔다.

쥐는 안구에 습기차는 느낌이 들어 어느 가정집으로 들어섰다.

아버지와 어머니가 고스톱을 치고 있었다.

아들이 아버지 어깨 너머로 고스톱을 배우고 있었다.

"아버쥐, 똥 먹어."

"아버쥐, 그냥 죽어."

"아버쥐, 쌌네."

듣다 못한 아버지가 아들을 타일렀다.

"얘야, 아버지에겐 존댓말을 해야 한단다."

얼마 후 아들이 공손하게 말했다.

"아버쥐, 인분 드시죠."

"아버쥐, 그만 작고하시지요."

"아버쥐! 사정하셨습니다."

비가 그쳤다.

쥐는 공동묘지로 갔다.

어떤 묘지에서 다음과 같은 묘비명을 보았다.

〈변호사, 정직한 사람, 박봉달 이곳에 묻히다〉

쥐는 탄성을 질렀다.

"야아! 세상에 이럴 수가 있나! 한 무덤에 세 사람이 묻혀 있다니!"

공 범

경찰차가 아파트에 왔다
응급차가 조용히 머물다가
시신을 거두어 갔다
주민들은 동요하지도 않았다
껌을 질겅질겅 씹으며 수사관은
주민 몇 명, 경비원들과 이야기를 나누었다
주민등록증이 여섯 조각 나 있었죠
자기 목숨은 자기가 수사해야죠
세상 모든 곳이 범죄 현장입니다
흉기 없는 사람은 아무도 없죠
낙엽 떨어지듯 그렇게 추락한 걸까요
아닙니다 누군가 밀었습니다
주민들은 동요하지 않았다
기자 왔나요? 보도 안 되죠?
반장 아줌마는 냉정하게 물었다
모두들 소문을 막기로 했다

유기농 일병 구하기

논두렁에
유기농 흙과 거름을 담았던
비닐 푸대가 쌓여 있다
잠시 휴식을 취하는
소대원 같다

현대인의
웰빙 상품이 되기 위해
전투 능력을 배양하는 토양

공장과 식약청의
침투 훈련을 거치지 않은 자연은
미심쩍은 자연이다
유기농 브랜드가 되기 위해서는
풀 한 포기도
검열을 거쳐야 한다

유기농으로 태어나기 위해서는

종자와 흙과 거름도
2차 3차 가공된
의擬 실존주의의 공간에서
사회적 히스테리를 먹고 자라야 한다
유기농 일병을 구하기 위한
격전장이다

메아리

술자리 다음으로 이어지는 패키지 코스인
노래방이라는 캡슐 체험에는
메아리가 살고 있다
에코마이크에 늘어붙어서
착취에 가까운 고감도 감정노동을 하는
소리지르기 기법
울림 기법
흥청대기 기법
따라 부르기 기법
망가지기 기법
환호성 기법
킬리만자로의 표범도, 황성옛터도, 남행 열차도
다 함께 차차차
별빛이 흐르는 다리를 건너
바람 부는 갈대숲을 지나
이 세상 부모 마음 다 같은 마음으로
앗싸 앗싸 감정 풍부화 기법
봉숭아 씨앗처럼
건드리면 톡 하고 터질 것만 같은 메아리

낮 달

이른 저녁을 먹으며
헌집 창문으로 낮달을 본다
하늘이 재워 둔 옷 한 벌
아기의 잇몸에 돋아난 앞니 같은,
송사리의 비늘 같은,
3 빼기 3 같은,
0 곱하기 1억 같은,
국수 국물로 목구멍을 헹구며
헌집 창문으로 낮달을 본다
하늘의 가난한 옷장을 본다
보풀이 없는
옷 한 벌을 본다

소금쟁이

저수지 안쪽이 해졌어
물의 내부는 보풀처럼 뜯어지기 쉬워
물렁한데 매우 거칠어
매끄럽게 떠다니는 나에게
붓을 선물하기도 하지만
나의 엉덩이를 찰싹 치기도 하지만
나는 물의 표면을 다림질하며,
얼룩을 지우며,
바느질을 하며
저수지의 옷을 수선하는 수선공

페로몬

카페에 앉아 있는 남녀 고등학생
공원 벤치에 누워 있는 남녀 고등학생
담배를 피우고, 이어폰을 꽂고, 만화책을 보고 있는
그들에게서
성페로몬 향기가
모락모락 피어오르고 있다
하나님을 갈구하는 예배당에 모인 신자들의
영혼에서도
주님을 향한 길안내페로몬 향기가 솟아오르고 있다
나의 몸에 돼지 수컷 페로몬을 바르면
암컷 돼지들이 난리를 피우며 따라붙을 것이다
이끌림의 에너지인 페로몬 향기처럼
생애의 물꼬가 터졌으면 좋겠다

두개골 수집광

서울대공원 동물원에 가니
온갖 동물의 두개골을 전시한 공간이 있었다
수백 종류의 두개골이 보란 듯이
유리상자 안에 모셔져 있었다
해골을 전시하기 위해
누군가는 두개골 사냥꾼, 두개골 수집광이었을 것이다
누군가는 해골의 도해를 위해 헌신하면서
뛰어난 절제 수술 능력을 익혔을 것이다
교통사고를 당한 구두 수선공의 뇌
암에 걸린 파충류의 뇌
뇌의 지형도가 담겨 있던
해골을 바라보면서
종례 시간에도 자고
종례가 끝나고 모든 학생이 하교했는데도
침을 흘리며 조는 제자를 떠올렸다
심장을 옮겨 다니다가
뇌체의 신경회로에 접근해서
뇌의 진동과 죄의 자극과 뇌의 주인이 되어버린 잠벌레로

가득 찬 녀석의 뇌를 사냥하고 싶다는 생각을 하다가
원주민도 생포되어 동물원에 전시되었었다는
19세기 식민지 시대의 상황이 떠올랐다

그 늘

스멀스멀 나뭇잎에서 기어나와
땅속에서 기어나와
초록 페로몬을 흘리며 기어나와
느릿느릿 걸어간다
저녁 무렵
들판을 건너 마을 입구까지 기어간다
아주 느린 속도로 고개를 돌려
구름을 본다
그러다가 무엇에 놀란 듯
쏜살같이 도망간다

그늘 2

스물아홉 살에
길거리에서 술 취해 쓰러지고
응급실에 실려갔던 병원
스물아홉에 처음으로 생명보험에 들었고
서른 살에 생명보험을 타먹었던 병원
초음파를 통해
몸속의 빛과 어둠의 꿈틀거림을 들여다보았던 병원
야구장의 야외석 같은 설렘이 서려 있는 응급실
장외로 날아가고 싶었던 홈런의 꿈
단층촬영 같은 나무 그늘 아래서
환자복을 입고 깔깔 웃으면서 명랑해지는
나와 관계없는 수많은 환자들이
차병원 건물 안에서 고통받고 있다는 생각에도
삶은 허무해지지 않고
나무 그늘 아래서
오늘도 생명보험 직원이 정신없이 드나드는
차병원을 내시경처럼 바라본다
나무그늘 속에서 그늘 밖의 세상을……

사랑의 기술

권 혁 웅 | 시인, 문학평론가

장인수의 시는 사람과 사람, 사람과 사물, 사물과 사물이 접면接面하는 자리에서 만들어진다. 한 몸이 한 사물이 되거나 한 사물이 다른 사물이 되는 순간에 장인수 시의 시안詩眼이 반짝하고 눈을 뜬다. 사람들과 사물들의 전화轉化가 눈부시게 일어나지만, 그 전변의 끝에 남는 것은 늘 사랑의 대상이 된 자신과 사람들이다. 그래서 이 시인의 능란한 비유들을 사랑의 기술技術이라 불러도 좋을 것 같다. 시인의 시선은 정관靜觀의 대상이 된 사물들에서, 인간화된 사물들로, 다시 가족화한 사람들로, 그러다가 궁극적으로는 내 몸의 일부인 가족들을 보는 시선으로 자꾸 옮아간다. 그 움직임의 동력이 사랑이 아니고 무엇이겠는가?

뼛속에 공기를 들여 골다공증을 앓을 때
엄마의 뼈는 드디어 의자의 형태를 드러냈다
엄마의 자궁은 태아를 들일 때부터 의자였는지 모른다

젖을 빨면서도 아이는 엄마의 팔이 의자였는지 모른다

붕어빵 장수가 붕어빵을 구워내듯
초저녁 하늘이 하나 둘 별을 구워내고 있다

엄마의 의자는 이제 날아가려 한다
뼈에 공기를 들여 엄마는 가벼워지려 하는 것이다
활처럼 굽은 엄마의 등은 새가 되려는 것 같다
엄마의 의자가 훨훨 새가 되어 날아간다면
누가 의자에 앉아 뜨개질을 할 것인가
　　　　　　　　── 「의자가 날아갈 준비를 한다」 전문

　이 기술에 관해서 살펴보자. 먼저 사물들 사이의 유비가 있다. 골다공증은 뼛속에 공기를 들여앉힌 것이다. 그래서 뼈가 "의자의 형태"를 갖추었다. 그 다음 의자의 상징이 엄마의 상징으로 전화했다. 태아를 앉힌 자궁이 의자였으며, 젖을 먹이기 위해 머리를 받쳐 든 팔이 또한 의자였다. 아이를 위해서만 존재하는 어머니의 절실한 모성이 형체를 얻은 것이다. 이 때문에 바람의 성격도 변한다. 엄마가 들여앉힌 "공기" 곧 바람이 엄마가 겪어낸 풍상風霜, 한 시절의 간난신고다.
　그 다음 형체를 얻은 엄마의 의자가 "날아가려 한다." 골다공증으로 인해 "활처럼 굽은" 등이 영락없이 비상하기

전의 새다. 날아올라서 새는 자유로워질 테지만, 그렇게 엄마 역시 자식들의 무게를 벗고 자유로워지기야 하겠지만, 한편으로 날아오름이란 게 육신을 벗는 일이 아닌가? 그렇게 우리를 떠난다면, "의자에 앉아 뜨개질을" 하던 저녁의 평화로운 한때는 어디에서 다시 구할 것인가? 이제 의자는 어머니의 몸이란 은유에서, 어머니가 앉아 뜨개질을 하며 완성했던 한 시절의 평화를 대신하는 환유로 바뀐다. '날아가는 의자'는 한 몸과 한 사물의 자리바꿈에서, 나아가 아픈 엄마(이 모습이 어머니의 현재다)와 지극한 엄마(이 속성이 어머니의 본질이다)의 겹침에서 생겨난 조형물이다. 이 형상이 이상하다고 느낄 수도 있겠다. 의자가 날아갈 리가 없으니까. 하지만 내게 언제나 의자 역할을 해주던, 그 든든한 분이 세상을 떠날지도 모른다는 생각보다 이상할 수는 없을 것이다. 의자가 날아가면 날아갔지 어떻게 엄마가 내게 없을 수 있을까. 시인이 시종일관 '어머니'라 부르지 않고 '엄마'라고 부르는 것도 이런 이유에서다. 그분은 내게 객관화되지 않는다.

　　이불 속에서
　　내 발가락이
　　잠결에
　　아내의 발가락을 살짝 만난다
　　문득, 발가락 끝에서 귤 같은 느낌이 밀려온다

손을 더듬어
아내의 가슴을 만진다
귤의 꼭지를 만진다
아내는 나의 손길을 눈치채고 있으면서도
가만히, 있다
아내의 과일을 만진다
말랑말랑
슬픔의 감촉
생명의 감촉
푸릇한 별빛과 햇살을
과즙으로 담아낸
아내의 과일
내 손에 귤물이 스며든다

— 「귤」 전문

　이번에는 아내에 대한 지극함을 보자. 발가락과 발가락
이 맞닿은 곳에서 아주 미세한, 부드러움과 떨림이 전해져
왔다. 시인은 그걸 귤이라 부른다. 촉감이나 색감 때문만
은 아니다. "귤"이라 부를 때, 그 부드러운 어감이 시인에
게 다가온 것이다. 내가 아내의 가슴을, 다시 말해서 "귤의
꼭지를" 만지자, "내 손에 귤물이" 들었다. 이번에는 촉감
과 미감 때문이다. 시인은 손끝에서 포개지는 귤 꼭지와 젖
꼭지를, "슬픔의 감촉/생명의 감촉"이라 불렀다. 귤껍질을

벗기면 부드럽고 달콤한 과육이 기다리듯, 아내의 가슴은 내 손길을 기다린다. 이 기다림은 지극하고 아름답다.

시집의 어디를 펼쳐 봐도 이런 간절함이, 사랑하는 이에 대한 절실한 호명이 있다. 시인이 늘 무정물無情物에서 유정물有情物을 찾아내는 것도 이런 지극함의 결과다.

> 얼음의 두께가 더욱 견고해지는 시간
> 저수지 중앙
> 얼음과 물의 경계선인 빙점에
> 수천 마리의 오리들이 모여 있다
> 하루에도 몇 번씩 물 속으로 뛰어들어
> 저수지의 손발을 닦는다
> 손금을 닦는다
> 밑바닥을 닦는다
> 얼음장의 깊은 뒷면
> 견고함과 물렁함을 닦는다
> 반들반들 툇마루를 닦는 할머니처럼
> 오리들의 거친 손
> 한겨울 매서운 바람의 틈
> 저수지의 유리창을 닦는다
> 얼음과 물의 경계선
> 부름받기 좋은 곳에 모여 있다

— 「궁녀」 전문

시인은 저수지의 얼지 않은 곳을 골라 자맥질하는 오리들에서도 이 간절함을 발견한다. 사실은 오리들의 발을 닦는 게 저수지일 텐데, 그렇게 기술되었다면 우리는 이 시에서 남녀간의, 혹은 어미와 자식간의 잘 알려진 사랑 외에는 찾아낼 게 없었을 것이다. 오리 모가지가 호수를 감는다고 말했던 지용처럼, 시인은 오리가 "저수지의 손발을" "손금을" "밑바닥을" 닦는다고 바꾸어 말했다. 오리의 자맥질은 얼음 아래를, 그러니까 저수지의 밑구멍을 닦기 위한 지극함의 표현이었다. 이 역전에서 임금과 궁녀들의 관계를 읽어낸 마음의 움직임을 해학에까지 이른 지극함이라고 불러야 옳을 것이다. 슬픔이 지극하면 웃음이 되고 믿음이 지극하면 사랑이 된다. 일편단심으로 저수지를 섬기는 오리들에게서 사랑의 일방통행만을 보아선 안 된다. 실은 저수지가 사랑의 발원지였기 때문이다(저수지가 오리들을 먹여 살린다).

사물들은 이처럼 유정물로 변환되면서 사랑의 논리에 기입된다. "자전거 한 마리를 끌고 길을 나선다/(…)/유모차 한 마리가 내 앞에 선다"와 같은 방식으로 말이다. 그 다음, 이 유정물이 사람이 된다. "빙어의 까만 눈동자와 마주친 순간/빙어회를 못 먹고 울었다는 그녀가 떠오른다."(「유모차 한 마리」) 어디에서나 이런 사랑의 대상이 있다. 나는 이 생생한 물활성物活性을 사랑이 가진 생산성이라 부르고 싶다.

부정도 지극하면 긍정이 된다. 사랑이란 사랑의 대상이 가진 부정성에 대해 애써 눈감는 것이 아니다. 차라리 그 부정성마저 사랑의 지극한 표현이라고 보아야 옳다. 이미 대상이 가진 이러저러한 속성이 사랑에 침윤되었기 때문이다, 이렇게.

아버지 환갑잔치에 마이크 잡고 노래 불러준 친구
햅쌀 한 가마 짊어지고
노인정에 가서는 노인들과 반말하며 까불던 친구
그래도 노인들이 더 좋아하던 친구
그 날 보름달이 눈을 치떴다
그러자 술에 취한 친구는 바지를 내리고
저수지에서 놀고 있는 보름달의 얼굴에 오줌을 갈겼다
오줌 멀리 쏘기 내기를 하다가 미끄덩,
그리고는 아직도 저수지에서 붕어들과 살고 있다
물결에 걸려 흔들거리는 녀석의 욕지거리들
달나라 문중門中이 된 녀석의 문패
싸물싸물한 물잠자리의 저공 비행
저수지에는 팔 휘저으며 씨팔대던
건달 친구의 언어가 살고 있다
울음밥을 퍼먹는 개구리들
하얀 지느러미를 달고 유영하는 언어言魚들
밤새 주둥이를 뻐끔거리는 달빛들

놀기 좋아하고 입이 걸고 노인에 대해 불손한 한 친구가
있었다. 주사가 심해서 결국 저수지에 빠져 죽었다. 메마
른 산문이었다면 위처럼 요약할 수도 있었을 것이다. 그러
나 그 친구에 대한 간절함이 시인의 서법을 전혀 다른 길로
이끌어갔다. 친구는 "아버지 환갑잔치에" 노래를 불러서
좌중을 즐겁게 했고, 노인정을 찾아다니며 노인들과 친구
가 되어 주었고, 이백처럼 저수지의 달과 내기를 하다가 죽
었다. 그는 아마 물에 빠져 허우적대면서도 "씨팔"을 연발
했을 것이다. 시인은 그의 죽음을 해학으로 처리했는데, 이
해학은 친구의 삶에 대한 동의와 동감에서 나온 해학이다.
이를테면 친구는 달과 "오줌 멀리 쏘기 내기"(이 말이 가진
리드미컬함에 주의하라)를 하다 물에 빠졌고, 그래서 지금
도 "붕어들과 살고 있다." 죽음마저 현세를 떠나 동화의 세
계로 접어드는 관문이었던 셈이다.

그는 이백처럼 달나라로 갔다. 수면은 지금도 흔들리며
"달나라 문중이 된" 그의 문패를 내다 걸었다. "언어言魚"
라는, 조금은 뜬금없는 동음이의어가 활용된 것은 이 때문
이다. 그의 "씨팔대던" 말은 다른 이에게 웃음과 격의 없는
안부를 전하던 말이었다. 그는 물속에 들어, 정말로 시선詩
仙이 되었다. 그래서 "언어言魚"라는 명명은 시인 자신의
시 쓰기를 되돌아보게 만든다. 나는 그의 말처럼 다른 이의

웃음을 끌어내고 다른 이의 동감을 얻어내는 시를 쓰고 있
는가? 붕어와 노는 "언어言魚"처럼, 자연에 깊게 스며들어
자연과 하나가 된 말을 하고 있는가?

　장인수 시의 반성은 이처럼 지극한 사랑의 대상과 맞대
면하고 있을 때 생겨난다. 나는 저들이 품고 있는 사랑의
대상에 걸맞은 대상인가? 나 자신은 지극함을 품고 있는
가? 그래서 장인수의 시가 품고 있는 반성은 (사랑의 대상
에 제 자신을 걸어두었다는 점에서) 반성의 반성이며, 거듭
된 반성이다.

　　현관 앞에 섰는데 젖꼭지 같은 초인종을

　　누를까 말까

　　현관을 들어섰는데 무사히 동행한 신발을

　　벗을까 말까

　　거실에 쌓인 어둠을 건너야 하는데 밀항하듯

　　갈까 말까

　　적막의 길, 근원의 길, 신방新房의 길

　　탄생한 아이들이 깔깔 웃음을 풀어낼 길

　　걸어서 갈까, 기어서 갈까, 굴러서 갈까

　　안방에 가면 내 영혼의 껍질과 가죽을 옷걸이에

　　걸까 말까

　　외출한 아내가 벗어놓은 머리카락들이 기어다니는

　　꿈틀거림의 나라에 들어가서

나도 알몸으로 기어다니는 꿈을 꿀까 말까
내가 죽어 저승 갈 때
안방으로 가던 이승의 발걸음이 나의 동행자가
될까 말까

— 「안방 가는 길」 전문

현관 앞에서 안방에 이르는 길이 또한 지극함의 길이다. 초인종을 누르고 신발을 벗고 거실을 가로질러 안방 문을 열고 옷을 벗고 자리에 눕는 과정이 모두 사랑의 과정으로 이루어져 있다는 사실에 주목하라. 초인종을 누르는 일은 (조금 전에 인용한 「귤」에서 보았듯) 아내의 "젖꼭지"를 만지는 일처럼 간절한 것이다. "신발"은 나와 온 세상을 함께 동행했다. 어두운 거실은 "밀항하듯" 조심조심 건너야 한다. 안방도 "외줄 흔들다리"를 건너듯 조심스레 건너야 한다. 옷을 벗는 일은 세상을 살면서 뒤집어썼던 껍질을 벗는 일이다. 아내가 없다 해도 "아내가 벗어놓은 머리카락들이" 방안에 있다. 거기에 내 몸을 눕히고 싶다…….

사실은 이 시에도 해학이 숨었다. 나는 술에 취해서 귀가가 늦었고, 그래서 아내의 바가지가 두려워 조심조심 현관 문을 따고 들어간다. "거실에 쌓인 어둠"과 "외줄 흔들다리"가 그래서 나왔다. 아내는 화가 나서 거실 불을 꺼버렸고, 나는 취해서 흔들린다. 아내의 마음은 내게서 외출해버렸다. 안방에 이르는 길이 마치 저승 가는 길인 것만 같다.

해학에서 반성으로 변하면서, 시는 간절함을 품게 된다. 저
승 가는 날에, 다시 말해서 내 살아온 모든 과정을 끝마치
는 날에, 나는 지금과 같은 간절함을 품을 수 있을까. 아내
의 눈치를 살피느라 시작된 반성이, 내 자신의 삶에 대한
반성으로 전화했다.

　장인수의 시는 이 사랑으로 인해 늘 절실하다. 시가 간절
하니 중언부언하지 않으며, 그래서 절제되어 있고 명료하
다. 제 할 말을 조심조심 하는 편이어서 태작이 거의 없고,
타인에 대해 지극함을 품고 있어서 반성과 해학을 넘나든
다. 시가 절실하면 슬픔이 과장되고 시가 재미있으면 슬픔
이 사라진다. 장인수의 시는 절실함과 재미를, 웃음과 슬픔
을 함께 갖고 있다. 이 점이 이 시인의 특장이자 우리 시의
한 가능성일 것이다.

장인수 시인
1968년 충북 진천 출생.
고려대학교 사범대학 국어교육과 졸업.
서울 중산고등학교 교사.
2003년《시인세계》로 등단.

유리창
장인수 시집

•

초판 1쇄 발행일   2006년 9월 5일

•

지은이 · 장인수
펴낸이 · 김종해
펴낸곳 · 문학세계사

•

주소 · 서울시 마포구 신수동 345-5(121-110)
대표전화 · 702-1800, 팩시밀리 · 702-0084
mail@msp21.co.kr   www.msp21.co.kr
www.seein.co.kr(계간 시인세계)
출판등록 · 제21-108호(1979.5.16)

•

값 6,000원
ISBN 89-7075-369-9   03810
ⓒ장인수, 2006